大展好書 好書大展

休閒娛樂
52

幽默魔法鏡

玄虛叟／編著

大展
出版社有限公司

目錄

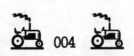

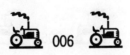

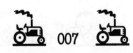

幽默魔法鏡

幽默魔法鏡

◇真正需要

一個女人掏出信用卡付帳時，一張小紙條從皮夾掉落地上。

旁人撿起紙條還給她時，看見上面寫著：「芳，你這次買的東西，是真正需要的嗎？阿強。」

◆預防勝於治療

丈夫：「我們上床吧！聽說性愛對關節炎有幫助呢！」

妻子：「我又沒有關節炎。」

丈夫：「你沒聽過預防勝於治療嗎？」

◇南斯拉夫人

母親對六歲大的兒子說：「爸爸說今天晚上要在家裡請客，招待一位有生意來往的南斯拉夫人。」

傍晚，那位客人踏進家門時，孩子跑進廚房對她的母親小聲說：「媽媽，快來看！那個夫人是男的耶！」

◆小鳥依人

太太拿著眉筆，一面對鏡化妝，一面撒嬌地問道：

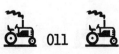

「老公，你說，我像不像小鳥依人？」

先生嘲弄道：「像極了，是隻畫眉鳥！」

◇停不下來

小林排隊申請駕駛執照。

排在小林前面的一位太太，正認真的在看一本愛情小說。

小林跟著她慢慢向前移動，輪到她時，她向旁邊一站。

她說道：「你先，我現在停不下來，男主角剛把女主角抱進她的房間裡。」

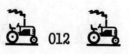

我是畫眉鳥！

◆利息優渥

母親：「我在女兒身上花了兩百多萬的養育費，她卻嫁給一個月薪只有四萬元的男人！」

父親：「那是月息二分，這年頭能有這種利息算是好的了。」

◇分手謬論

小明：「寶兒，我們分手吧！」

小芬：「爲什麼？我要你給我一個合理的解釋。」

小明：「好吧！記得在『紅樓夢』中，賈寶玉說男

人是用泥做的，女人是用水做的嗎？」

小芬：「這又有什麼關係？」

小明：「我可不希望變成水泥。」

◆棋高一著

小陳生性風流，女友多得自己也記不清楚誰是誰，但他從未因此而得罪過任何一位女友。

原來，每次有女孩子在電話裡問：「你猜我是誰」時，他總是不加思索，立刻回答：「林青霞！」

於是，那些女孩就會非常高興地說：「不是啦！」自動報上自己的名字。

◇聽而不聞

甲：「聽說你太太爲了要你注意聽他講話，逼你去學坐禪？」

乙：「是呀！現在聽她講話，我總是滿臉微笑，她滿意極了。」

甲：「成效這麼大呀？」

乙：「我學會了『聽而不聞』！」

◆機 靈

小王和太太開玩笑，互相列舉對方的缺點。

過了一會兒，小王卻無停筆之意，太太心理很是難過，咬著筆托著腮好一會，又寫了幾行。

她抬起頭來，看見丈夫還在寫，頓時臉色大變，「哇！」地一聲哭了起來，隨即摔筆撕紙，衝進臥房。

小王氣定神閒地揚了揚手中的紙，一面走進房裡，一面笑著將紙遞給太太說：「待會包妳破啼為笑。」

太太接過紙後，果然笑了出來，原來紙上寫滿了「我愛你」。

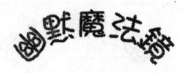

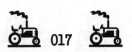

◇本性難移

每次麥克到女友家偕她外出，都要枯等好久，向她

抱怨，她就會說：「換套衣服總得要十分鐘吧！」

這一次麥克特地提早半個小時打電話給她，要他先換好衣服，想不到她仍讓麥克等了好一會兒。

「你不是說換套衣服只要十分鐘嗎？」麥克不悅的問道。

「沒錯，但我換了四套衣服啊！」

◆守財奴

守財奴阿義和小珍即將結婚，阿義到旅行社安排蜜月旅行行程，他訂一張美加的來回機票。

「要兩張，不是嗎？」職員問。

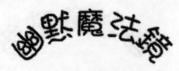

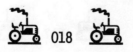

自己去度蜜月！

阿義道：「不，只要一張，小珍小時候去過了。」

◇準　時

每天傑森到女友家接她上課，都得等上十分鐘。一天，傑森忍不住向她抱怨，希望她準時一點。

「誰說我不準時！」女友嘟著嘴回答，「我不是總讓你等十分鐘嗎？」

◆傻　事

手帕之交甲對乙說：「有沒有聽到最新消息？我要

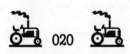

和妳的前男友結婚了！」

乙答：「我一點也不覺得奇怪，我們分手時，他說過會做件傻事。」

◇三字經

花花公子約了一個年輕貌美的女郎外出。第二天有人問他結果如何。

花花公子說：「她對我說了太多的三字經了。」

「真的嗎？」友人道。

「真的！」花花公子回答，「整個晚上都在說『別這樣』、『不許動』和『放開手』。」

◆分工合作

有一天，珍妮爲嬰兒換了多次的尿布，丈夫卻一直躺在沙發上看報紙，於是珍妮提醒丈夫照顧嬰兒他也有責任，應該負起至少一半的責任。

丈夫想了一下說：「你說得對，我來照顧上面的一半，妳照顧下面的一半。」

◇將錯就錯

兩位婦人在公車上交談甚歡。

甲婦人：「妳的戒指怎麼戴錯了手？」

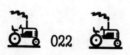

乙婦人：「因爲我嫁錯了人，所以只好將錯就錯！」

◆耐人尋味

英國皇家空軍基地規定，基層軍官不得在單身宿舍裡招待女友。

某晚，基地指揮官溜狗時看見宿舍窗子有個女子的身影，第二天早晨集合時，指揮官說出他所看到的。

指揮官說：「我不知道是誰，也不知道是哪一個房間，但是今天晚上我要違犯營規的人，寫一封正式道歉信給我。」

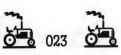

那天晚餐後，他發現辦公桌上有二十八封道歉信。

◇無法得逞

上瑜伽課的一個學生來得早，她剛渡假回來。

老許說：「瞧妳曬得嘿嘿的，真棒！是否全身都如此？」

「對！」她說，「除了一點點地方。」

她回頭看清楚有無別人，然後說：「如果你想瞧的話，我給你看。」

她真的這樣做了。她將結婚戒指拔了下來，戒指下的皮膚是白的。

◆好方法

一輛新跑車在紅燈前停了下來，駕駛人發覺後面那輛車上的一位漂亮女郎，已被他的跑車深深吸引，於是他打開天窗，伸出一個牌子。

牌子上面寫著：「我是單身漢。」

◇一如往昔

校友聚餐會上，一位男校友對一位女校友說：「妳還是當年那般模樣。」

「那麼！」她說，「我在美容院裡所花的錢都白花了。」

◆父親忠告

一位母親寫信給他兒子，祝賀她訂婚：「親愛的兒子，我和你父親聽到這個消息非常高興，感到很幸福，我們焦急地等待你們舉行婚禮的日子，感謝上天恩賜於你這段好因緣。」

當兒子看信時發現，信紙的最後部分用另一種筆跡寫了幾句話。

上面寫著：「你媽媽找郵票去了……不要幹這種蠢事，傻瓜！過單身漢的日子吧！」

◇盡在不言中

小豬他們上課時，老師無意中透露前一天是他的結婚紀念日，同學們立即問老師怎麼慶祝。

老師說：「昨天你們師母特別戴了一副墨鏡，拿著一根拐杖坐在客廳裡，我一看見，立即乖乖去買菜。」

同學們大惑不解。老師解釋道：「師母的意思是，她瞎了眼才會嫁給我。」

◆禍從天降

妻子打電話給她上班的丈夫，興奮的說：「我中了

頭獎彩票，你趕快回來收拾你的衣服！」

「好極了！」他回答說，「夏天的還是冬天？」

「所有的！我要你在六點鐘前搬離我的房子！」妻子答。

◇自嘆弗如

肯尼和女友約會，女友總是遲到，肯尼心理極不高興，卻又不便明言。他想到一個方法也讓女友嚐嚐「等人」的滋味。

於是下次約會時，故意遲到一個小時。當他看到女友已在約定的地方心理好不得意，誰料到女友卻說道：

「對不起，我三分鐘前才趕到，沒有看到你，還以爲你生氣了，丟下我不管了呢！幸好，你又回來了。」

肯尼嚥下哽在喉嚨的話，氣得幾乎昏倒。

◆弄巧成拙

化裝舞會之夜，婦人突然有些頭痛，便叫丈夫單身赴會。

稍後她覺得好了一點，便換上一套丈夫從未見過的服裝，前往舞會，抵達時，她見到丈夫竟然混在女人堆裡打情罵俏，不禁怒火中燒，決定還以顏色。

她走到丈夫身旁，在他耳邊嗲聲嗲氣，又投懷送抱

，最後還引誘他到花園去。

到了午夜，當大家將要脫下面具時，她悄悄離開舞會，溜回家。

她的丈夫直到凌晨三點才回家。

「舞會怎樣？」她問。

「一點也不好玩。」丈夫說。

「那怎麼玩得那麼晚？」妻子反問。

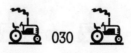

丈夫答：「老實告訴你，我到達那裡時，見到老畢、老李和小費都沒有帶太太來，於是我們四個人便走進書房去打撲克牌。」

「你整個晚上都在打撲克牌！」老婆大聲叫道。

「是的，我把我的衣服借給老李穿，他說這是他有

唅！活見鬼了

生以來最美妙的一個夜晚。」

◇齊人之福

有一次，石油產地的國王，出國訪問並進行外交之旅。

一天，國王到百貨公司參觀。

石油產地的國王對售貨員說：「那一架子的女裝睡衣我都買下。」

「可是，先生，這裡面尺碼都不一樣耶！」售貨員道。

國王：「沒關係，我的太太們也是如此。」

◆幫手

清晨時分，瑪麗聽見有人敲窗。她的男友站在梯子上，按照擬定的計劃帶她私奔。

「妳準備好了嗎？」男朋友問道。

「準備好了！」瑪麗回答，「你小聲一點，會把我爸爸吵醒的。」

「吵醒他？妳以爲是誰在幫我撐住梯子啊！」

◇精打細算

有位青年買了個昂貴的首飾，準備送她的女朋友。

店員問道：「要不要刻上她的名字？」

青年想了一會兒，然後說：「不要。刻上『獻給我唯一的愛人』就行了，萬一日後分手，它還可以再用。」

◆異鄉異客

娶了外籍太太的友人和太太一起回鄉探親，其妻非常喜愛中國文化，並一直在努力學中國話。

友人的母親早已引頸企盼他們的歸來，首次見面自然欣喜異常，不斷親切地叫：「媳婦！媳婦！」，友人的小妹也高興地喊：「大嫂！大嫂！」

外籍媳婦連連應答，心中卻一直嘀咕，最後忍不住了，便向丈夫問道：「爲什麼我一進你家門，媽和小妹就急著要我做家事呢？」此時，丈夫不懂太太所指的意思。

妻子說道：「你媽一見到我，就叫我『洗衣服、洗衣服』，小妹也叫我『打掃、打掃』。」

◇特異功能

胖傑克在餐會上和一位妙齡女子交談了二十分鐘，後來傑克的太太非但沒有吃醋，還對傑克甚爲佩服。

「不是，」他太太回答，「我是佩服你能將肚子縮

起來那麼久。」

◆意外之財

甲乙兩名青年的汽車在農村中拋錨。

他們走到附近一所豪宅去敲門，應門的是一位美麗的寡婦。

寡婦招待兩個年輕人住宿一晚，還叫僕人幫他們修車。

過了幾個月，甲青年收到一包律師文件，他看過內容之後，立即打電話給乙青年。

甲青年問道：「在農村時，你是否曾在夜裡溜進那寡婦的臥室？」

乙青年：「是的！」

甲青年：「你用的是我的名字。」

乙青年：「是的！你怎麼會知道呢？」

甲青年：「她去世了，而且把所有的遺產都留給了我。」

◇又起戰端

凱莉和丈夫都是美國海軍現役軍人。

他們在駐地舉行公證結婚，當天適逢沙漠風暴宣佈停火，他們利用午餐時間舉行婚禮，所以兩人還是穿著

軍服。

主婚人宣佈他們成爲夫婦後，笑著搖頭說：「一場戰爭剛結束，另一場戰爭就要開始了。」

◆重要火侯

丈夫裝了汽車電話後，警告妻子：「除了緊急情況外，千萬不可打汽車電話找我，我得把那條線留著談生意，而且打一次汽車電話的費用也很貴。」

三星期後，妻子不得已要打那支電話找她丈夫。

妻子：「我知道我不該打這個電話找你，但今晚我要燒一道特別的菜，烹調的火侯很重要，因此我要知道

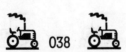

你現在在什麼地方，多久才能回來。」

「在家裡的車庫裡！」丈夫沒好氣的回答。

◇身如影長

海倫的小女兒在院子裡玩耍。

孩子瞧著地面，像是在尋找什麼東西。

突然間她躺在地上，身體用力伸直。

「妳在做什麼？」海倫問道。

「我要看看我的影子是不是跟身體一樣長。」孩子回答。

◆十萬火急

交通警察攔下一位開快車的婦人。

夫人申辯說：「我丈夫最不高興下班回家後還沒有飯吃，而且時間已晚，所以得趕去市場買菜。」

夫人補充道：「你能不能幫我個忙？給我開張雙程罰單，因爲一買到牛肉，我便要火速開車回家。」

◇正合我意

一位女士走進服裝店，說她要參加中學畢業四十週年的校友聯歡會，想找一套穿在身上顯得年輕的衣服。

她試了一套又一套，都不滿意。

正在左挑右選間，有幾個女學生走進來選購衣服。「這件衣服讓我看起來像是四十歲的人！」其中一位女學生說。

那女士在試衣間聽見了，立刻探出頭來說：「請把那件衣服拿給我，那正是我要的。」

◆換部車

有一天小麗丈夫加班，快到午夜才回家，但卻打不開大門。孩子和小麗都睡得很熟，聽不見門鈴聲，他只好到車庫去，坐在車裡過夜。

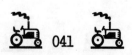

儘管他努力讓自己坐得舒服，但始終無法入睡。

清晨，小麗正爲丈夫沒回家而擔心，突然間，門鈴響了，一開門正是小麗的丈夫。

小麗的丈夫怒氣沖沖的問道：「我們什麼時候換大一點的轎車？」

◇地　獄

丈夫向妻子吐心聲：「今天老闆突然大發脾氣，叫我下地獄吧！」

「那你怎麼辦？」

丈夫意有所指的說：「我立刻回家。」

「……」

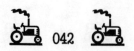

◆血性漢子

傑森身強體壯，常響應捐血活動。

某日傑森捐血回來，友人問道：「你通常什麼時候捐血？」

傑森答：「心血來潮時。」

◇蘋果臉紅

「這些蘋果真貴！」顧客抱怨道。

店員回答：「別這麼說，你看它們有多麼紅呀！」

顧客反答：「賣這麼貴，它們當然臉紅！」

◆不分國籍

巴士上兩名婦人在交談。

甲婦人：「我姊姊上個月專程到加拿大待產，那麼孩子出世後，便自動成爲加拿大公民，可享有優厚的社會福利和教育津貼。」

乙婦人：「那不錯，可是她爲什麼不選擇美國？那兒各方面都比較進步。」

甲婦人：「其實依我說，瑞士也不錯，那兒人民收入高，環境又好。」

乙婦人：「澳洲也很好，資源豐富，很有發展潛力。」

此時乙婦人的小孩有了疑問。

小孩問道：「媽媽，妳爲什麼不在聯合國生我！這樣不是更好？」

◇峰迴路轉

高爾的太太去應門，對訪客說：「請問尊姓大名？找我先生有什麼事？」

「我是爲一筆債務而來的。」訪客回答。

「他昨天出門了。」太太打斷他的話。

「但我要還錢給他。既然如此，那麼我下次再來好了！」

太太：「不過他已經回來了。」

◇人比物老

甲婦人：「妳的外套很好看。」

乙婦人：「謝謝，這是我老公送的四十歲禮物。」

甲婦人：「真的！的確保存得很好。」

◆母女一體

有天早上，麗娜蓬頭垢面，脂粉不施，逕自開車到輪胎店，修補一個舊的備用輪胎。

服務員對她說，下午就可以去取貨了。

當天下班後，麗娜到了店家，衣著整齊、髮型入時、容光煥發。

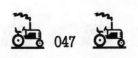

麗娜對服務員說：「我是來取車胎的。」

服務員說：「小姐，妳媽早上拿來的輪胎已經補好了。」

◇物換星移

肯尼的太太常常搬動家具，以添新鮮感，家裡的佈置，每星期都不同。

一天晚上，肯尼聽到有人按門鈴，他睡眼惺忪的跳

幽默魔法鏡

下床衝入客廳，在漆黑中撞到牆壁。

肯尼喊著：「太太！你把大門搬到哪裡去了？」

◆意義相同

韓小姐的先生是德國人，頗通中文，並以此自豪。

一天有位初學中文的美國友人到韓小姐家作客。他們向友人解釋「方便」的含義，除一般用法之外，有時也可作爲「上洗手間」的代稱。

此時先生自告奮勇，把這兩個字寫給友人看。

客人離去後，韓小姐將先生寫過的紙條拿來看，不禁莞爾一笑，原來她老公把「方便」，寫成「放便」。

幽默魔法鏡

◇多此一問

兄：「你可知道隔壁的啞巴在什麼學校讀書？」

弟：「不知道，從來沒聽他說過。」

◆不是我生的

麥克寵愛女兒人盡皆知。

有一次，他又捧著女兒的相片在陶醉時，同事過去瞄了一眼，開玩笑的說：「長得不怎麼樣嘛！」麥克一臉不悅。

前幾天它們一起去郊遊，麥克帶他的寶貝女兒去。

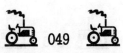

有個同事開玩笑的說：「尊夫人一定很醜，所以你不肯帶她來。」

但麥克不但沒生氣，還笑嘻嘻的，毫不在意。

同事不服氣道：「說你女兒不漂亮，你就生氣，說你老婆長得醜，你倒無所謂。」

「那當然啦！」麥克理直氣壯的說：「女兒是自己生的，老婆是別人生的。」

◇不孝

查理在勸他年邁的母親，用省吃儉用下來的錢享受人生。

查理說：「媽！妳存下的錢，夠妳活一百歲了。」

母親聽了，立即回答：「那麼，一百歲之後我該怎麼辦？」

◆節儉的真諦

爲了使女兒明瞭節儉的重要，減少不必要的開銷，喬治要女兒把每個月的零用花費做一個紀錄。

有一天，女兒對父親說：「爸！自從你要我做這個紀錄後，我買東西時，都會仔細的考慮清楚。」

父親正在高興時，女兒又說道：「什麼東西的名字難寫，我就不買了。」

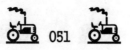

◇三軍作戰

適逢假日，爺爺帶著五歲的孫子去看粵劇。

當看到天兵天將前來捉拿鯉魚精，與浪裡的蝦兵蟹將展開激戰時。

爺爺向孫子問道：「孫子啊！你知道是誰在跟誰打仗嗎？」

孫子想也不想便回答：「空軍、海軍。」

◆看誰在說謊

士兵向長官請假一天去參加妹妹的婚禮。

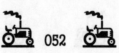

長官叫他在門外稍等，然後把他叫進去。

長官說：「你撒謊！我剛才打電話給你妹妹，她說，她已結婚一年多了。」

士兵說：「長官！你扯謊的本領比我更大，因爲我根本沒有妹妹。」

◇趕辦年貨

宅心仁厚的法官審問疑犯：「你的罪狀是什麼？」

「過早辦年貨。」疑犯回答。

「這不可能是入罪的理由。」法官說。

法官又問道：「那麼，你是多早去的？」

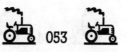

疑犯回答：「商店還沒開門時。」

◆有品味

麥基在一家皮飾店購物，留意到一對時髦的年輕夫婦正在買皮帶。

那年輕男子顯然想炫耀自己的品味，處處挑剔，售貨員拿出了所有的皮帶給他看，那位丈夫都說：「這不適合我。」

他忽然看到角落放著幾條粗大的皮帶，神氣十足地說：「看！這才是我想要的。」

售貨員疑惑地對客人說：「抱歉！這是狗項圈！」

辦年貨啦！

幽默魔法鏡

◇意亂情迷

元旦過後不久，小李收到一張生日舞會請柬，是一位他心儀已久的女孩寄來的。

小李興奮萬分，在等待的日子，他每天坐立難安、廢寢忘食。到了舞會那晚，他更緊張，爲了壯膽，硬拉了朋友陪他「上陣」。

到達舞會地點之後，小李和女主人握了手，然後雙手微微顫抖地送上禮物，並準備向她道賀。但只見他張口結舌，竟然說不出話來，氣氛一時變得很尷尬。

最後，好不容易從嘴裡蹦出一句：「祝你新年快樂」，所有的朋友無不昏倒。

◇快人快語

導演向演員們解釋一齣新劇：「第一幕沒有佈景，我們要讓觀眾想像劇情發生在花園中；第二幕，我們要讓觀眾想像劇情發生在客廳中；第三幕……」。

「第三幕，」一個演員插嘴說，「我們想像台下有觀眾。」

◆不是文盲

顧客問驗光師：「你是說我戴了眼鏡之後，就能看書看報了？」

驗光師：「是的。」

顧客叫了起來：「那以後我不是文盲了。」

◇還是小孩

湯姆二十歲出頭，在一家空調公司工作。

湯姆看起來非常年輕，顧客有時叫他「小孩子」。

他害怕別人不把它當作一回事，於是留起了鬍子，希望看起來成熟點。

友人問他顧客對他的印象是否改觀。

湯姆一臉無奈地說：「它們現在叫我『留了鬍子的孩子』。」

真好！我再也不是文盲了！

幽默魔法鏡

◆購物妙法

商店裡人山人海，擠得水洩不通，很多顧客無法接近櫃檯，這時電話響了起來。老闆接聽後，把對方訂購的貨品一一記下，然後問他送貨的地址。

顧客回答：「用不著地址，我就在前面的電話亭，把貨送到這裡來就可以了。」

◇想當然爾

莎莎閱讀常不求甚解。

有一天，她努力清洗家中每一道紗窗紗門。

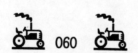

原來報上寫到「沙門氏菌」正在流行，她急忙將所有的紗門清洗一番。

◆早生貴子

麥基結婚半年便生了個兒子，同事們都揶揄他。

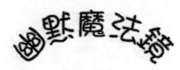

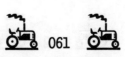

麥基氣憤地說：「我結婚那天，你們又爲什麼異口同聲地祝我早生貴子。」

◇減　肥

瘦弱的小毛蟲被漂亮的雀小姐發現了，小毛蟲急忙

哀求：「請不要吃我，我可以告訴妳我同伴的住處，它們比我肥美得多呢！」

雀小姐答：「不必了，我正在減肥。」說完便把小毛蟲一口吃掉。

◆搭錯車

一名醉漢搭火車回家，可是坐了四班車，還是坐上他不該坐的車。

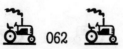

後來一位好心人幫忙他坐上正確的班次。

上車後，坐在他身旁的牧師看見他醉醺醺的，就對他說：「我真爲你難過。你知不知道，你已通往地獄的

道路？」

醉漢激動地說：「真倒楣，我又坐錯車了！」

◇略施小計

阿德每天都要尋找一番才能找到報童送來的報紙，使他非常的懊惱。

他的報紙常被拋在房子前面的車道上，沾滿塵土。有一天，他聽到報童的母親說她兒子的抱負是要作一位職業籃球選手，於是想到一個妙計。

他在前門柱子上做了一個籃球框。

果然，如他所料，第二天一早，報紙「砰！」的一

聲穿過球框落到大門口。

從此，阿德便無須到處尋找他的報紙了。

◆早知如此

小麗和丈夫駕車在加州一條公路疾駛，看見一個女人帶著兩個小孩站在路旁，她們的車頂上豎著一個好大的「求救」牌。

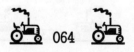

小麗他們折回來，終於找到那輛頂上有字牌的車。小麗丈夫找出毛病所在，並動手修理起來，小麗和婦人聊起天來。

小麗稱讚婦人足智多謀，車上竟然帶著求救牌，問

她從哪來的。

婦人回答：「我買車時，店家送的。」

◇露出馬腳

有天晚上，霍克和朋友進城去玩，凌晨才回家。他們躡手躡腳地走進屋裡，很高興沒吵醒任何人，便入房睡覺了。

第二天，父親問霍克的朋友昨天多晚回來。

霍克的朋友說了個不太晚的時間。

父親隨即問道：「那你的鞋子怎麼會放在今天的早報上？」

◆懶王之王

排長對二十位新兵喊道：「現在有件輕而易舉的工作要派給之中最懶的人做，認爲自己最懶的舉手。」

其中十九位都舉起手來，唯獨一位新兵沒舉手。

排長問那位新兵：「你爲什麼不舉手？這可是件輕鬆的工作喔！」

「太麻煩了！」那新兵回答。

◇妙郵差

強尼剛搬進一層公寓裡居住，郵差還將以前住客的

郵件，放在強尼的信箱裡。

爲了提醒郵差，他特地把信箱上的名字寫得很大。

但，以前那位住客的信件仍源源而來。

最後，強尼無計可施，便在信箱上留了張字條給郵差，說他把信送錯了。

第二天，強尼發現他留的紙條上多了一句話。

「先生！我沒有送錯，是你住錯地方了。」

◆買西瓜

小強去買西瓜，記起母親曾教他，熟的西瓜敲打時會傳出空洞的聲音。

於是小強拿起一顆西瓜，連續敲了幾下，正當全神貫注，要將耳朵湊近西瓜聽聽聲音時，一個看了很久的店員對他說：「裡面有人嗎？」

◇弄巧成拙

哈雷陪母親去買鞋。母親試穿鞋時，哈雷悄悄把鞋店經理拉到一旁。哈雷對經理說：「她挑出喜歡的鞋時，你只要告訴她，價錢是五百元就行了，實價我付。」

到了下星期，哈雷走過那家鞋店，經理認得他，叫住哈雷。

哈雷：「有什麼問題？我不是照實價給你了嗎？」

經理：「那倒不是，問題是你母親把她的朋友通通帶來，指定要買一雙五百元的鞋。」

◆古靈精怪

小美向父親要十塊錢，說是要給公園的一位老婦人的。

父親看見她那麼有同情心，非常感動，便把錢給了她。

父親：「拿去吧！不過，告訴我，她是做什麼的？有工作嗎？」

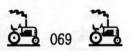

小美回答：「她是賣糖的。」

◇童言無忌

五歲的萱萱讀幼稚園，平常爸爸帶她搭公司交通車一起上班、上學。

某天，在交通車上，萱萱看見前座一位阿姨一頭長長的秀髮，很是羨慕，就伸出小手摸了摸，令那位阿姨覺得不自在。

作爸爸的連忙向小姐賠不是，並對萱萱說：「萱萱，這樣不可以喔！」

萱萱一本正經的回答：「你放心，我會洗手的。」

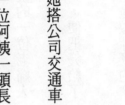

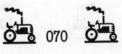

幽默魔法鏡

◆比　炫

三個男孩誇耀他們的伯父。

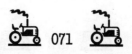

甲說：「我伯父是和尚，大家都叫他『師父』。」

乙說：「我伯父是法官，人人都叫他『大人』。」

丙說：「那算得了什麼，我伯父體重兩百公斤，凡是見到他的人，都會大叫『我的老天爺！』」

◇言之有理

老約翰生性簡樸，在鄉下的時候，衣著隨便，他的兒女常常勸他穿得體面一點，但他總是說：「在這小地

方，誰不認識我？何必穿得那麼好！」

後來，老約翰搬到都市裡，衣著依然隨便，兒女還是勸他穿得體面一點。

但他卻說：「在這個大城市有誰認識我？穿那麼好幹什麼！」

◆風俗不同

除夕夜，老奶奶在桌上擺好祭品，點上一對紅蠟燭，準備祭祖。

剛從美國回來過年的三歲孫女，一看到紅蠟燭立刻趨前，用英文唱出生日快樂歌，隨即許願，吹熄蠟燭。

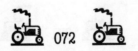

◇早知如此

新兵在幾星期的基本訓練期中，睡的是硬地，吃的是軍糧，因此訓練一完畢，便急著想回家，好睡舒服的床、好吃母親做的菜。

到家的那一天，全家人熱烈歡迎他。母親興高采烈的說：「我們已經準備好全家去露營，爲你慶祝。」

◆深思熟慮

小麗在一個園藝展覽會的某攤位服務，旁邊有一位

女士在推銷節水噴灑器。

她向一位參觀的人解釋這種設計的優點時，提到這項產品，一年能省九萬五千升的水。

參觀者若有所思的站在那裡好一會兒，推銷員於是問他是否有什麼問題。

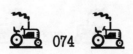

參觀者：「沒有，我只是在想，那麼多節省下的水我要放在哪裡？」

◇可 怕

一位主婦帶著兩個小孩到市場買豬肉。

主婦輪流將小朋友抱起來，讓小孩看老闆如何切豬

肉。

一個小孩似乎有點害怕，母親悄悄的對小孩說：「這有什麼可怕的，真正可怕的是付帳。」

◆惡作劇

一個人在街上走，路過一所住宅，看見一個小孩正踮著腳尖，伸手去按門鈴，可惜搆不到。

路人對小孩說：「讓我來幫你吧！」

他剛按完門鈴，那男孩漲紅著臉低聲說道：「謝謝你，叔叔！現在我們得趕快逃了！」

◇手下留情

每次女兒向母親要錢時，母親都叫女兒自己到抽屜去拿。

有一天女兒又去拿錢，但是這一次，當她打開抽屜時，赫然發現裡面放了一張紙條，上面寫著：「手下留情」。

◆妙計

律師太太抱怨家中陳設寒酸、家具簡陋、窗簾破爛、地毯陳舊不堪。

「太太！」丈夫說，「我今天承辦一件離婚案，等我拆散了別人家，再來佈置我們的家。」

◆另類詮釋

鮑伯在家裡休息，小兒子坐在椅把上，他俯首看著鮑伯親切切地說：「爸！你的頭髮就像海浪。」停頓了一下，他繼續說：「而現在潮水退了。」

◇種瓜得瓜

淑美懷孕，見到油膩的東西，都覺得噁心，所以三

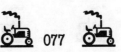

餐幾乎都吃稀飯配醬瓜。

鄰家小女孩看見了，問她說：「阿姨！妳是不是想生個和尚或尼姑娃娃？」

◆受苦

小美一下班回到家裡，便興奮地宣佈她將要結婚。

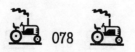

小美的弟弟聽見了，急忙衝出來問道：「姊姊，你要和誰結婚？」

小美說：「就是常常送妳玩具和巧克力的那個哥哥！」

弟弟眼睛立刻睜大，一臉錯愕地說：「那糟了！我

種瓜得瓜

得馬上阻止他，他對我太好了，我不能眼睜睜的看他受苦！」

◇降雨機率

彼得參觀氣象站，參觀完畢，彼得問站長：「你說有百分之七十五的降雨機率，是怎樣計算出來的？」

站長：「這有四個人，其中有三人認為會下雨。」

◆此油非比油

父親正在看電視新聞。

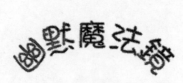

他看到一則報導，說波斯灣危機正影響世界各地油價不斷地上漲。

母親聽了慌忙地說：「我的天！今天我到超級市場買花生油時，人們好像仍沒注意到這一點，我得搶先一步，趕快大量採購才對。」

◇絕不掃興

喬伊只有五歲，可是人小鬼大。

他的鄰居常跟他玩一種遊戲，就是在手上放兩枚美國鎳幣，一枚是五分錢，另一枚是一角，然後問他要哪一個，喬伊總是選五分錢那枚。

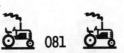

有個同年紀的男孩對喬伊說：「你怎麼那麼傻？難道你不知道，一角的價值是五分錢的兩倍嗎？」

「當然知道，」喬伊說：「但做生意嘛！既然他們付錢給我，我何必讓他們掃興。」

◆削足就履

某少校在國防部運輸交通處，領取到一輛十六人座的客貨兩用車。

正要開走時，運輸交通處發車的人發現他的申請書上，寫明只能領十二人座的車輛，於是告訴他，過幾天再來領車。

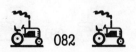

少校再度來領車時，發現領到的是同一部車，爲了怕錯誤，少校向發車的人再做一次確認。

那人告訴他說：「沒問題了，我們已經把四個座位拆掉了。」

◇鄉音無改

老方是浙江人，鄉音很重，有時需要好幾個人翻譯，像猜燈謎似的猜來猜去，才能明白他在說些什麼。

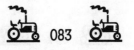

一天老方戴著女婿送他的名貴手錶上班，同事問他是什麼牌的，他說是「鱉腳牌」。

大家以爲他是謙虛，不好意思誇耀自己的手錶，於

是，「燈謎」開始。

「勞力士？」、「亞米茄？」大家猜了起來。

老方連說不是，沒辦法，只好在紙上寫了兩個字……「伯爵。」

◆歲數問題

泰森到超級市場買了幾瓶洋酒。

付款時，收錢的小夥子吃驚的說道：「對不起！未滿十八歲，我必須找我的上司。」

泰森道：「我可超過十八歲了！」

小夥子道：「但是，我未滿十八歲！」

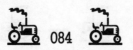

幽默魔法鏡

◇惶恐

星期六深夜，小麗被電話聲吵醒。

小麗生氣地回了一聲「喂！」

對方遲疑了一下。

電話那頭的女孩急急忙忙的解釋道：「媽，我是蘇姍啊！吵醒妳非常抱歉，但是我必須打電話回來，因爲我遲些才能回家。」

蘇姍緊張地說：「爸爸的汽車爆了胎，但是並非我的錯。

真的！我並不知道怎麼回事。我們看完電影出來就看見車胎爆了，請你不要生氣好不好？」

因小麗沒有女兒，所以她知道那個人打錯電話了。

「對不起！」小麗回答，「妳撥錯了號碼，我沒有一個叫蘇姍的女兒。」

「哎呀！媽！」蘇姍惶恐地回答，「我沒想到妳會這樣生氣。」

◆收禮送禮

父親退休後負責掌管家中經濟大權，家中大小開支，一切都由父親記載於帳冊中。

某日，女兒不經意的翻閱了帳簿，發現每個月經常有固定的「收禮」、「送禮」紀錄，女兒深感不解。

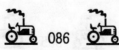

追問之下，才知道父親常打麻將，有輸有贏，但，爲了帳面好看，所以只好將贏錢寫成「收禮」，輸錢寫成「送禮」。

◇值得高興

老陳和老李兩人見面

老陳：「每期彩券我都買了，就是沒中過，這次竟然只差頭獎兩個號碼，真氣人！」

老李：「那你該高興啊！」

老陳：「又沒中，高興什麼？」

老李：「雖不〝中〞亦不遠矣！」

◆薑是老的辣

娜娜的母親，一向處事圓融、機智。

有一次，娜娜和妹妹一同回娘家過年，翻出了不久前，舉家出遊的相片欣賞。

妹妹不斷的稱讚自己的丈夫，是全家長得最好看的，並堅持要娜娜認同自己的說法，但，娜娜不以爲然，認爲自己的丈夫更具魅力，姊妹倆相持不下，決定找母親評定。

母親接過照片，看了看說：「我覺得還是妳們老爸最帥。」

幽默魔法鏡

◆一本好書

書店顧客說：「我要給我十五歲的姪兒買本書，旅遊書就可以了，但不能涉及色情和社會問題。」

「我正好有一本書」，店員說：「就是這本火車時刻表。」

◇左右為難

父親在客廳看電視，母親在廚房高聲問道：「晚餐你要吃漢堡還是炸雞？」

父親答：「無論妳做什麼，我都喜歡吃。」

母親追問：「說真的！妳到底想吃哪一樣？」

父親又答：「妳喜歡的就是我喜歡的。」

但母親還是不死心，最後父親選了「漢堡」。

母親聽了便從廚房跑了出來說：「怎麼回事！難道你不喜歡我做的炸雞？」

◆兇手不是我

律師正竭力安慰一位哭哭啼啼的寡婦。

因爲寡婦的丈夫沒立遺囑便死了，所以律師問道：「死者可有什麼遺言？」

寡婦：「你是說他臨死前所講的話嗎。」

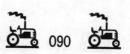

「是的！」律師說：「這些話或許有用，但前提是不會讓妳太傷心。」

「噢！」寡婦開始說：「他說：『別嚇唬我，妳連槍都不會用！』」

◇無藥可醫

一個俄羅斯人來到醫院要看眼耳科醫師。

「沒有這樣的專家！」護士對他說，「你如耳朵有問題，就應該看耳鼻喉科醫師，眼睛有問題，就該看眼科醫師。」

「但我肯定我的病，非由眼耳科專家診治不可！」

那人說。

「爲什麼那樣肯定？」護士問。

我聽到的一套和我看到的一套不同。

◆次要問題

在國外，一個乞丐正在沿街乞討。

乞丐對路人說：「請給我一便士吧！我已經餓了三天了！」

這位路人給了他一便士，但也問他：「只有一便士你能做什麼呢？」

乞丐答：「我想去秤體重，看看這幾天來到底瘦了

多少。」

◇貼　心

爲了節省開支，傑尼和朋友合租一個公寓，也決定每天帶便當上班。

可惜傑尼每天早上都因爲太匆忙而忘了帶便當。

一天晚上，傑尼在門上貼了一張條子提醒自己。

翌晨傑尼看見了條子，便去冰箱拿飯，可是便當不見了。

傑尼細看門上的條子，只見在「不要忘記帶便當」下面，室友寫了個「謝」字。

幽默魔法鏡

◆目標不同

兒子第一次參加足球賽，很多球員的父母都在場觀賞，興奮得很。

有個婦人不斷用攝影機對準球場拍攝，顯得很緊張，坐在隔壁的人問她的孩子打哪個位置。

「不是我孩子！」她說，「我在拍我丈夫，這是他第一次當裁判。」

◇佛法無邊

阿吉從機車解下他母親特地從廟裡求來的關聖帝君

平安符，向他母親說：「關老爺的赤兔馬，都沒辦法追上我的機車，更何況說保護我。」

第二天早上，阿吉又發現機車上繫了新的平安符，嚷著要母親別這麼迷信，並且又動手拆下。

母親趕忙阻止說：「不能拆，這是昨天到佛祖廟求來的，我想齊天大聖都逃不出祂的手掌心，更何況是你的機車呢！」

◆仍需努力

市中心行人專用區路旁，有位先生用吉他彈奏流行歌曲。

路過的行人大都沒有理會。

但有個老人卻停下來聽了一會，然後搖了頭，從皮夾裡拿出一千元給他。

老人對他說：「這一千塊，也許可以幫你多學幾節吉他課。」

◇泰斗當前

傑克在大書店裡選購書刊，身旁有兩個人在討論書架上放的那些書，其中對大部分的書批評得很厲害。

傑克好奇心起，便問他們對自己手中的書有什麼意見。

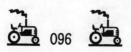

有那麼難聽嗎？

「那是一本極爲優秀的書。」其中一人回答。

「那麼你讀過了？」傑克道。

另一人回答：「不，那是他寫的。」

◆靈　犬

一個盲人牽著一隻導盲犬到台北西門町去，但找不到他要去的地方。

「對不起！」他對路人說：「請問一下萬年大樓怎麼走，我有地圖可供你參考。」

路人拿起地圖說：「向前走約一百公尺，再向右轉……」

說著說著聲音越來越小聲，盲人側耳傾聽，聲音似乎來自腳前。

原來路人把地圖攤在導盲犬面前。

◇立場不同

蘿拉一開始學習駕駛，立即就變得對所有駕駛人的技術都不滿意，坐在後座不斷的挑剔批評。

後來她領到了駕照，輪到她開車了。

有一天，車子打滑，將撞上停在路邊的車。

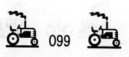

「父親！怎麼辦？」蘿拉驚叫道。

「快跳到後座去！」父親說道，「在那裡妳就會想

出辦法的！」

◆推己及人

多年前彼得的祖母居住的鄉下有了第一部收音機。

那收音機主人在午飯時對他女兒說：「孩子！把收音機關了吧！那些人得去吃午飯啊！」

◆全能專家

幾個學童談論他們的父親。

甲童說：「我爸爸是腦科專家！」

乙童說：「我爸爸是心臟專家！」

丙童說：「我爸是腦、心、肺、肝、腸專家！」

甲、乙童驚訝地道：「怎麼會有這麼了不起的全能專家啊！」

丙童說：「他是賣豬雜、牛雜的！」

◇依次頂替

傑森在海軍接受訓練時，每週都要寫信回家，而母親也答應有信必回。

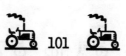

最有趣的一封信是弟弟寫的。

他寫道：「現在每天晚上我都要洗碗，所以我好想你！」

◆可愛頑童

小美要求母親讓她彈鋼琴。

母親：「可以，但是妳要洗手。」

小美：「媽媽！不用了，我只彈黑鍵。」

幽默魔法鏡

◇母親難為

小孩對父親說：「媽咪真不懂怎樣帶孩子！」

「你怎麼可以講這種話！」父親斥責他道。

小孩：「是真的！他總是在晚上我不睏時叫我去睡覺，早上我睏了卻叫我醒來。」

◆感 動

老查理七十大壽，兒女都來祝壽。

老查理有感而發說道：「爸爸好比一個球，當利用價值最高時，孩子們你爭我奪，此時是籃球。退休以後，孩子們你推過來，我推過去，此時是排球。到了年紀老邁、行動不便時，孩子們你一腳我一腳，唯恐踢不出去，此時是足球。」

老查理的博士兒子說：「爸爸！您是橄欖球，我們

就算摔得腰酸背痛，也要把您緊緊抱住不放。」

◇病人之死

病人憂心忡忡，問醫生道：「你確定是肺炎嗎？我聽說有時候醫生診斷是肺炎，病人卻死於別的病。」

醫生：「你放心！我醫治病人的肺炎，他就死於肺炎。」

◆本性難移

有位青年遊手好閒，不喜歡工作。

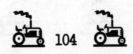

他禁不起家人多方責難，於是託一位做官的朋友替他找一份差事，但聲明工作要十分輕鬆，結果這位朋友幫他找到一份輕鬆的看守墓園工作。

過了幾天，年輕人打電話對朋友說：「我不幹了！我發現這裡人人都安靜地躺著休息，只有我一個人在工作！」

◇諄諄囑咐

珍妮要到歐洲去旅行，父母到機場送行。

對珍妮而言，這可算是一次探險的旅程，因爲他們在歐洲沒有親戚朋友，且每天要和陌生人接觸，凡事都

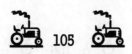

得靠自己。

登機時間將到，父母說他們該回家了。他們走向出口時，媽媽不停的回頭，顯然在思索最後一句叮嚀話。

終於母親想出了最後一句話，對著珍妮說：「女孩子不要和陌生人講話！」

◆有聲有色

妹妹很喜歡批評電視節目內容的漏洞。

有一次看一齣電視劇時，他忍不住的又說：「爲什麼電視上的病人病情惡化時，都要安排他們不是不停咳嗽，就是咳血呢？」

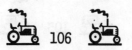

姊姊說：「你懂什麼！這才叫做有聲有色啊！」

幽默魔法鏡

◇童畫、童話

「媽！我有一個從沒見過狗的朋友。」小男孩說。

「你不是開玩笑吧！寶貝！」母親回答。

「真的是這樣！」小男孩堅持：「我畫了一隻狗給他看，他竟然問這是什麼動物。」

◆掃興

爲了慶祝結婚週年紀念，伊蓮特別準備一頓豐富的

晚餐，還在餐桌中間放了兩支蠟燭，一聽見丈夫回來了，便馬上點起蠟燭，把燈關掉。

丈夫進屋後，伊蓮摀著丈夫的眼睛說：「我要給你一個驚喜。」

等伊蓮把手拿開，丈夫看見蠟燭在黑暗中放光，焦急的叫道：「哎呀！妳又忘記繳電費了！」

◇處境相同

一位經商的父親回家時已經很疲倦了，並感嘆的說：「真是辛苦！整天要對著計算機工作！」

剛進幼稚園的小兒子聽了答道：「我也一樣，整天

要數手指頭！」

◆沒有例外

電視正放映『楊貴妃』連續劇。

母親問讀國中的小弟說：「你知道楊貴妃是何時死的嗎？」

小弟說：「星期五！通常星期五是大結局！」

◆一如往昔

父子兩人犁田，多年來，都是兒子握犁，父親趕牛，而每次到盡頭時，兒子總是要對父親說：「爹！拐彎吧！」

有一次犁地時，父親生病了，只剩兒子一人幹活，但犁到盡頭時，牛依然直走，兒子吆喝也沒用。

後來兒子突然腦子閃出一個念頭，便對著老牛說：「爹！拐彎吧！」果然老牛馬上就拐彎了。

◇笨 囚

兩名囚犯企圖從牢房屋頂越獄，其中一名囚犯不小心弄破了一片屋瓦。

「誰？」守衛喊道。

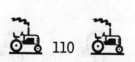

那名囚犯連忙假扮貓叫，聽起來非常逼真，騙倒了守衛，這時他的同謀又不慎弄破了另一片屋瓦。

守衛又喝問：「誰！」

「另外那隻貓！」那名囚犯答道。

◆酒醉

兒子陪父親到酒吧喝酒，他深怕父親喝醉了，便問道：「爹！你怎麼知道你喝夠了沒？」

「嗯！」父親說，「那邊坐著兩個人，如果你看到四個人，那就該走了。」

「爹！」兒子伸手扶住父親，「回家吧！那邊只有

一個人。」

◇選　擇

城裡人駕車往郊外途中，和載運馬匹的卡車相撞，事後他向保險公司申請理賠。

「根據警方的紀錄，你當時不是說沒有受傷嗎？」保險人員問他。

「你聽我說！」城裡人向保險員解釋，「我當時受傷躺在地上動彈不得，聽見有人說有馬匹斷了一條腿，話剛說完，那司機便二話不說，把那匹馬一槍打死了，跟著他轉身問我：『沒事吧？』」

◆多說多錯

結婚後不久，強尼的太太請了一位摯友海倫到家裡吃飯，不知怎麼的弄斷了一把叉子。

「不要緊！海倫，」強尼安慰她道，「那不過只是一套廉價貨罷了！」

太太轉過身來向強尼大叫：「老公！那是海倫送我們的結婚禮物！」

◇告　解

喜歡賭博的女士前去告解。

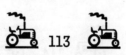

「神父！」她說，「我整天玩紙牌，可是我從不下注，我想這樣不算有罪吧？我只是爲了消遣才跟朋友打牌。」

「可是，孩子！」神父說，「妳不認爲那樣很浪費時間嗎？」

「哦！不，神父！只有洗牌才浪費時間！」

◆所指不同

九歲的莉莉對老師說：「您說『開卷有益』，果真一點也沒錯。在家裡，每次我只要打開課本來，媽媽就不會叫我幫她做家務事。」

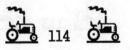

幽默魔法鏡

◇誰是第一

三個小孩聚在一起。

他們互相鬥嘴，要比比誰的父親跑得快。

第一個小孩趾高氣昂地嚷著：「我爸爸用九秒九的時間，便跑完一百公尺了。」

第二個小孩不服氣，爭著說：「我爸爸在這裡發一箭，一眨眼便在那裡把箭接住了！」

最後一個小孩表情更是驕傲。

最後一位小孩趾高氣昂驕傲地說：「那有什麼稀奇？我的爸爸每天六點下班，但是，還沒到五點就在家裡看電視了。」

幽默魔法鏡

◆意有所指

湯姆全家在看錄影帶，內容是說一個人到處尋找十全十美的父母，最後發現自己最愛的還是原來的父母。

湯姆想趁機問問女兒的想法，便問她會不會也去找另一對父母。

女兒道：「才不要呢！爸！你和媽媽喜怒無常，我每天好像都有新的父母！」

◇適逢其地

珠蒂和丈夫都很肥胖，他們常到中國大陸旅行。

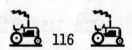

他們要出發前，一位朋友問道：「你們這一次又到哪裡？」

珠蒂倚著丈夫答道：「象徵我倆體型的城市……合肥。」

◆不願餓死

一個男人決定了結自己的生命。

他買了一條麵包，離家走到一處火車會經過的地方，並臥在鐵軌上。

一位農夫經過，驚奇的問這位男子在做什麼。

「我要自殺！」男子回答。

「那你還要麵包幹什麼?」農夫不解地問。

男子嘆了一口氣道:「在這鬼地方等火車，可能餓死了，也等不到。」

◇正常現象

莎拉在懷孕後期，像許多正常孕婦那樣感到很不舒服。

她到醫院做定期檢查，醫生問她可有什麼問題。

「有!」她回答，「我坐不安穩，不能吃我喜歡吃的東西，大多數時間想嘔吐、睡不好、常去廁所、頭痛、胎兒踢我、兩腳腫脹。」

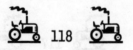

一切正常！

醫師專心聆聽，然後在莎拉的紀錄上寫道：「沒有問題，正常現象」。

◆生產過盛

一位男子對醫生說，他要做結紮手術。

「這不是開玩笑的！」醫生說：「你跟太太商量過了沒？」

「商量過了，」男子說：「她完全同意。」

「你的兒女有沒有意見？」

「他們以十七票比三票贊成。」

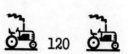

幽默魔法鏡

◆後知後覺

阿諾擔任步兵排長時，轄下的陸戰隊員常作夜間偵查巡邏訓練。

他們向前移動時，前面的人若遇到任何障礙物，都會低聲告訴後面尾隨的人，以免他們突然驚叫，暴露方位。

一次演習中，前面帶隊的人頻頻回首向阿諾說「木頭」、「石塊」……，阿諾隨即向後面的人傳達。

突然間，前面傳來「撲通」一聲，阿諾聽到一米多的下方有人低聲的說：「洞！」

幽默魔法鏡

◇鼓舞士氣

一位拳擊新人，參加一場拳擊大賽。

打完第五回合，失望的教練對這位拳擊新人說：「怎麼啦？你要爭取冠軍還是諾貝爾和平獎？」

◆答案

第一次世界大戰期間，皮埃是元帥的司機。

每次朋友見到他，總是問：「元帥怎麼說？戰爭何時才會結束？」

有一天，皮埃終於宣佈：「元帥跟我說了。」

冠軍？諾貝爾和平獎？

所有人立刻靜下來，全神貫注的聽他說，他說：「元帥說：『皮埃！依你看，戰爭何時會結束？』」

◇災區趣聞

某地遭遇敵軍空襲，一枚飛彈擊中了一座公寓，塵埃落定後清點人數，只有老爺爺失蹤。

救難人員聽到瓦礫堆中有笑聲，於是進行挖掘，結果在廁所廢墟中找到老爺爺，他不僅沒有受傷，而且還咯咯地笑，救難人員問他有什麼好笑的。

老爺爺回答：「我一拉拉鍊，整棟房子像活見鬼般的倒了下來！」

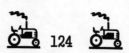

幽默魔法鏡

◆盜亦有道

英國有一家人的汽車被竊，數天後發現車子又在原處出現，車身有碰撞過的痕跡和一張紙條。紙條上寫：「每小時的確能跑到兩百公里，但剎車有一點毛病。」

◇言不由衷

男孩十二歲生日前，接到舅舅來信。信中寫到：「我不知道你喜歡什麼禮物，寄一張二十五美元的支票給你行不行？」

男孩回信說：「親愛的舅舅！謝謝你關心我，你隨便寄什麼給我，我都會非常喜歡的。不過，你實在不必送我禮物，而且二十五美元也太多了。」

信末附了一句：「這封信是媽媽要我這麼寫的！」

◆得寸進尺

老李有個親戚經常向人要錢。一次，老李的女兒結婚，這個親戚要他們送她來回機票，好讓她前來參加婚禮。

婚禮前一星期，她又打電話來要五千塊，老李吃驚地說：「妳已經有了飛機票，來到這裡之後，一切開支

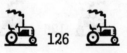

由我們負責。而且我們現在要花的錢太多了，你真的需要這筆錢嗎？」

親戚在電話裡嘆了一口氣說：「啊！我的老天，你想我能不帶禮物去嗎？」

◇無所適從

十九歲的蓋伊酷愛機車賽車競賽，他在賽車跑道中加緊練習。

終於比賽的日子到了，他的父母陪他到比賽起點，並給他加油打氣。

燈號一亮，比賽開始。他母親大叫道：「蓋伊，小

心點！注意安全，不要騎得太快！」

◆本性難移

一位魯莽直率的士官長接到消息，他所管轄的一個士兵，其祖父死了。

點名時，士官長粗聲地對那士兵說：「喂！你的祖父死了！」士兵聽了，當場昏了過去。

過了一星期，另一位士兵他的祖母死了。士官長又把的部隊集合起來，當眾對那位士兵說：「你的祖母昨天夜裡死了！」那位士兵聽了便嚎啕大哭。

後來有人向上校投訴士官長冷酷無情，上校告誡他

無所適從

，以後若部下的家中有喪事，要婉轉的通知他們。

過了一星期，士官長又接到通知，他的一個部下剛剛死了祖母。

他記得上校的話，便把士兵集合起來，向大家說：「凡是祖母健在的向前走一步。」稍後士官長馬上對那位士兵大喊：「喂！你站在那裡不要動！」

◇果然醉了

法官：「你憑什麼說他那天晚上喝醉了？」

證人：「大人，他走進電話亭，半小時後出來，說那電梯壞了。」

◆妙答

牧師每次講道，有個教友必入夢鄉。

某個星期天，那位教友又在教堂打鼾，牧師決定一勞永逸地懲戒他一次。

牧師低聲地對信眾說：「希望將來上天堂、得永生的人請起立。」

除了那個打鼾聲如雷的人以外，所有的人立刻站了起來。

牧師低聲說「請坐下」後，便扯開嗓門喊道：「希望將來入地獄的人，請起立！」

那正在睡覺的教友被驚醒，跳了起來，他看見牧師

挺直腰桿，生氣地站在講台上。

這位教友立刻說道：「對不起牧師，我不知道我們在表決什麼問題，不過看來只有你我兩人意見相同。」

◇天生演員

喬治在小巷裡看見一位老太太坐在家門口，樣子非常慈祥，銀髮在陽光閃閃發光。

喬治想偷偷把她攝入鏡頭，免得老太太發現了而失去那份自然的神態。

這時一個小男孩剛巧走過來，擋住了鏡頭，喬治不斷的示意叫他走開，可是小男孩卻無動於衷。

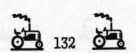

老太太突然向小男孩高聲喊道：「死小鬼！你到底讓不讓開？你沒有看到我在扮演慈祥的老婆婆嗎！」

◆虎毒不食子

小孩問一位大腹便便的孕婦說：「妳肚子裡裝的是什麼？」

「我的小寶寶。」孕婦回答。

「你喜歡她嗎？」小孩納悶地問。

「我當然喜歡啊！」孕婦回答。

小孩大惑不解地問道：「那妳爲什麼把他吃到肚子裡去？」

幽默魔法鏡

◇人以狗貴

在某軍事基地裡，指揮官夫人溜狗時，看見兩個陸戰隊員迎面而來，並向她敬禮，夫人心理非常高興。可惜，跟著她聽見某隊員對另一人說：「她是誰？」

另一人回答：「我不知道，但狗是指揮官的。」

◆原來如此

廣告上宣傳的節食減肥辦法，大衛的母親全試過，但都半途而廢。

人以狗貴

幽默魔法鏡

後來，大衛看到母親不但吃東西，還拼命的運動。

大衛問母親，到底是怎麼回事，是受到什麼事的鼓舞。

母親拋給大衛一張請帖，上面寫著：「第三十週年同學會，恭請參加。」

◇好方法

母親對她的朋友說：「兩個小兒子在家裡總是因爲分東西不均而吵架。我真不知道該如何是好？」

「那還不容易！」朋友說，「先指定一個人把東西分好，然後再讓另外一個先拿，這樣不就解決了嗎？」

幽默魔法鏡

◆眾望所歸

瑪麗年屆三十仍待字閨中，眼見三個弟弟先後成家，在父母的催促下，瑪莉終於出嫁了。

婚禮那天，大家送給瑪麗四個字：「眾望所歸」。

◇的確重要

星期一上歷史課時，尼爾突然想起有篇重要報告要交，但他卻還未寫。

交作業時，尼爾緊張的走到教授面前向他道歉：「對不起，教授。上週末我去看女朋友，忘記了作業。」

「尼爾同學！」教授嚴厲地質問，「是歷史重要，還是去看女友重要？」

「教授！」尼爾無奈地說，「如果我不去看她，她就會變成歷史了。」

◇認人不認車

一個颳著大風的黃昏，威爾下班後到車站等候公共汽車。

站在威爾後面的先生，雖然兩年來都和他坐同一班車，也在同地點上下車，但從未交談過。

有一天，威爾發現搭錯車了，於是便下車等另一部

公車，沒想到那個人也跟著下車。

「你也搭錯車嗎？」威爾問。

「是的！」他回答，「我知道我們每天都搭同樣的車，所以我看也沒看的就跟著你上車了。」

◆自取其辱

小莉是小學教師，生日那天，小莉帶了一些糖果要給學校裡的學生們吃。

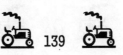

輪到一個男童走到她面前時，男童問小莉：「老師！妳幾歲了？」

小莉以開玩笑的口吻說：「啊！很老了，快要一百

歲了！」

站在她身旁的另一個男孩說：「你看！我跟你說過了，你還不相信。」

◇白問

放學後，有個五歲左右的女孩，因爲母親沒來接她，便哭個不停。

「別哭、別哭，」安琪說，「我們現在就打電話給妳媽媽，妳有電話嗎？」

那孩子哽咽地答道：「有，可是放在家裡！」

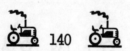

幽默魔法鏡

◆烏龍警察

蘿拉和她的男朋友看完午夜場電影，走向停車的小巷子裡。

男友提議賽跑，並讓蘿拉先跑一段路。

蘿拉跑到車邊後，回頭一看，只見男友被警察抱住，無法掙脫，並且聽到警察叫道：「小姐！我已經把他抓住，妳不用再跑了！」

◇急中生智

美琪的丈夫是一位職業軍人。

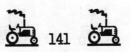

幽默魔法鏡

一天，在靶場中練習打靶，且目標會移動。突然間丈夫的槍卡住了，正努力試著把子彈退出時，目標物出現了，他知道若等槍弄好，目標物會消失掉。

於是緊急抓了一把泥土，擲向目標物，泥塊擊中了目標，目標物應聲倒下。

爲他計分的少校對於如何紀錄這一靶而猶豫。

「這靶好像有點問題！」少校說。

美琪的丈夫回答：「敵軍在近處出現，但是我的步槍卡住而無法射擊，所以我丟了一個手榴彈過去，將敵軍消滅。」

少校想了一會兒道：「很好！」並且將此靶記爲命中。

幽默魔法鏡

◆百病之驅

新兵入伍需填寫一份詳細的表格，其中一欄列舉幾十種疾病，詢問是否患有下列疾病。

一名非常緊張的新兵顯然地看錯問題，在所有「是」的方格上打了勾。

軍醫拿起這位新兵的表格向他說道：「小夥子！我看你需要的不是身體檢查報告，而是驗屍報告。」

◇誤會一場

桃莉的音感很差，有一次她在教會聚會時當眾唱歌

，唱完時教友都對他表示慰勉，但坐在第一排的老婆婆卻起立鼓掌叫好。

聚會結束時，一位先生問老太太：「你真的覺得桃莉唱歌很好聽嗎？」

「唱歌？」老太太睜大了眼睛，「我以爲她在演講。」

◆落井下石

一天，文生在公路上開車，看見一個騎驢的老人。

文生停下車子對老人說：「要不要我送你一程？我的車有一百匹馬力，比你的驢快得多。」

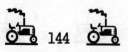

真的有那麼難聽嗎？

「不用了，謝謝你！」老人回答，「我喜歡我這匹老驢。」

文生飛車前進，轉彎時車子打滑墜入湖中，過了一會兒，騎驢的老人來了，對文生說：「你在給你的那一百匹馬喝水嗎？」

◇也是理由

傑克夫婦剛搬到小鎮居住，並在郵局租了一個私人信箱。

不久，傑克發現別人的郵件常誤放在自己的郵箱裡，便去詢問郵局職員。

職員故作無辜的說：「我只是想給你們一個認識鄰居的機會罷了！」

◆答非所問

馬可家兩個小頑皮素來不合。八歲大的兒子在書房裡溫習功課，準備考試，四歲大的小兒子溜了進去，不一會兒，就傳來兩兄弟大打出手的聲音。

馬可立刻衝了進去把他們倆分開，並質問大兒子說：「你讀書讀到哪裡去啦！這麼大了還跟弟弟打架！」

只見大兒子嘟著嘴說：「我讀到總複習了！」

幽默魔法鏡

◇原來如此

甲乙兩人聊天。

甲：「你頭上怎麼有個疤？」

乙：「老婆砸的。」

甲：「上次好像也是這裡，怎麼那麼準？」

乙：「這跟她的星座有關，因爲她是射手座的。」

◆好理由

女兒：「爸爸打電話回來說不回家吃晚飯。」

媽媽：「爲什麼？」

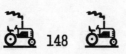

女兒：「他說今天手痛不能洗碗。」

◇推己及人

老師對學生道：「喂！拿破崙像你這樣的年齡，就已立志富強祖國了！」

學生也對老師道：「老師，拿破崙在像你這般年齡的時候，就已經叱吒風雲了。」

◇售後服務

馬丁在中國大陸旅行時，有一天，經過一家書店，

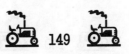

被一本挺有趣的書所吸引，所以決定買下來。

在付款之後，服務小姐把另一本稍薄的書連同原本所買的那本一起包起來。

馬丁高興地說：「真不錯！買一本送一本。」

「不！」服務小姐笑笑說，「這是那本書的勘誤表。」

◆強人所難

一個喜歡挑剔的女人點了一客煎蛋。

她對女侍說：「蛋白要熟，但是蛋黃要生且還能流動。不要用太多油去煎，鹽要少放，加點胡椒。還有，

一定要是野放的母雞所生的新鮮雞蛋。」

「那請問一下！」女侍非常溫柔的說：「那母雞的名字叫瑪莉，可合您意？」

◇太過慷慨

威利知道自己給小費一向非常慷慨，可是不曉得慷慨到什麼程度。

直到有一天，老闆把他叫進辦公室，指著因公請客的帳單，抬起頭對威力說：「下次請客之前記得先通知我，好讓我到你那一桌當侍者。」

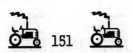

◆精彩笑話

鄧肯夫婦住在大廈的二十三樓。

有一天，買菜回來，發現電梯故障，他們倆決定只好爬樓梯回家。

一路上兩個人輪流說笑話打氣，終於爬到二十三樓，鄧肯將手伸入口袋，隨即說道：「我還有個精彩的笑話，我把鑰匙忘在車裡了。」

◇靈犬

在一個討論狗兒脾氣的研習班上，講師指出，測驗

狗的性情方法，就是主人假裝受傷躺在地上，若脾氣不好的就會咬他，脾氣好的狗則會舔主人的臉，以表示關切。

一天，鮑伯在客廳吃義大利餡餅時，突發奇想，想試試他的兩條狗。

鮑伯站起身來抱住自己的胸口，大叫一聲倒在地板上，兩條狗看了看鮑伯，又互相瞄了一眼，馬上飛奔到桌上去吃鮑伯的餡餅。

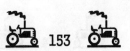

◆黑店

觀光客在風景區旅館付帳後，臨走時看見，有個告

示牌提醒客人：「你漏了什麼東西沒有？」

觀光客轉身走向櫃檯對職員說：「那句話不對，應該說：『你還剩下什麼東西沒有？』」

◇鬼話連篇

一個看相的人看了麥克的手掌後，說他永遠不會出國。

「可是我已環遊世界過了！」在商船上工作的麥克立即反駁。

看相的毫不驚慌，吩咐麥克脫去鞋襪，將他的腳端詳一番，一兩分鐘後，得意的叫了一聲：「這就對了！」

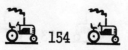

鐵口直斷，一定準！

流浪線在你腳上，安定線在你手上。」

◆掌控之中

懷特的建築公司開業不久，承建一座公寓大廈。

屋主說要來視察工作進度，懷特吩咐所有的員工：「不論發生什麼事，都要裝作一切在我掌控之中。」

屋主來了，懷特帶他們去看工作進行得多麼順利。

突然間，一面牆的鷹架被風吹倒，一位助手面不改色的看看手錶，對懷特說：「十點三十五分，老闆，分秒不差！」

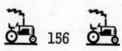

幽默魔法鏡

◇輕鬆一下

門口秘書告訴剛來的人：「會議已經開始了，進去時請不要干擾他們。」

那人回答：「怎麼，他們都已經睡著了嗎？」

◆問題人物

除夕當天，郵局的電話響個不停，許多市民詢問這天送不送信。

爲了避免這種情形，郵政局透過電台，宣佈除夕照常送信。

郵局職員以爲這樣做便可以獲得片刻安寧，怎知電話聲還是響個不停，原來打電話來的是問說：「我剛聽電台說今天照常送信，這是真的嗎？」

◇善良人家

水電工山姆到一戶人家去修水管，遇到了頭痛的是水不停的滴，無法焊接水管。

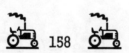

他記起師父教他的方法：塞一塊麵包到水管中堵住水流，焊好之後，麵包便會自己溶化掉。

於是山姆向女主人要了一片麵包，不久女主人端了一盤三明治和一大杯牛奶對山姆說：「你個子這麼大，

又要用力氣，一片麵包是不夠的。」

◆聰明絕頂

工作繁忙的年輕醫生將汽車擱在修理店門口，留下一張字跡潦草的條子貼在擋風玻璃上，說明需要修理的東西。

可惜的是修理工人無法認得他龍飛鳳舞的字體。

幸虧老闆聰明，拿去請教附近藥房的藥劑師，藥劑師看了一眼就說：「例行定期檢查，引擎有怪聲、換剎車皮。」

幽默魔法鏡

◇菜色齊全

小蔡新進的公司，採購部的兩位小姐恰巧也姓蔡，一位浙江籍，一位台灣籍，聯絡業務時經常搞得客戶昏頭轉向。

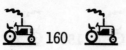

有一天，一位老顧客打電話來：「喂！妳是浙江菜〈蔡〉，還是台灣菜〈蔡〉？」

「都不是！」小蔡說，「我是廣東菜〈蔡〉。」

◇說得也是

游泳專刊雜誌，刊載個個穿著性感比基尼泳裝的模

特兒。

先生捧著雜誌看得入神，妻子覺得滿不是滋味。她酸溜溜地對先生說：「真不知羞恥！如果我像她那個樣子，我一定待在家裡，絕不會踏出門口半步。」

「老實說！」丈夫回答，「如果妳是那樣子，我也絕不會讓妳踏出家門半步。」

◆貫徹主義

列寧、史達林、戈巴契夫三人同坐火車。

半路上火車突然停止，司機說：「火車頭壞了，我該怎麼辦？」

「讓人民以排除萬難精神拉我們前進！」列寧說。

「槍斃司機！」史達林說。

戈巴契夫說：「拉上窗簾，假裝火車仍在繼續前進。」

◇言之有理

上課時，莉娜和學生討論好奇心對人類社會進步的重要性。

然後莉娜提出一個問題：「如果人沒有好奇心，我們現在會怎麼樣？」

有個學生舉手回答：「仍在伊甸園裡。」

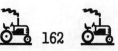

◆童真

奶奶向五歲大的孫子道晚安時，吻了他一下，他用手擦臉。

「你爲什麼那樣做？」母親問他，「別人吻你，你不應該擦掉。」

「媽，我並不是擦掉！」他解釋道，「我這是揉進去。」

◇哭笑不得

電子公司總經理把公關主任召來。

幽默魔法鏡

「你聽著，有人試圖收購我們的公司，我要你設法把我們股票的價格抬高，讓他們買不起。我不管你用什麼方法，只要達到目的就行了！」

第二天，該公司的股票大漲，接連幾天一直都漲停板。

總經理感到非常滿意。

經理問公關主任：「你是怎麼做到的。」

公關主任：「要老實說嗎？」

經理：「當然啦！」

公關主任：「我放了一個假消息。」

經理：「什麼假消息，這麼有用？」

公關主任：「我說你快要辭職了！」

幽默魔法鏡

◆物換星移

以前，毛澤東在地府遇見馬克思，總是拱手作揖，感激的說道：「謝謝！只有共產主義才能救我們。」

最近，兩人又相遇。馬克思倒地就拜，神色慌張地說：「求求你！現在只有你們才可以救共產主義。」

◇退而求其次

一天，莎莉在路上看見一個乞丐。

乞丐伸出一隻空杯，說：「美麗的小姐，給我兩百塊好嗎？」

「我不美，我也沒有兩百塊！」莎莉回答。

「不過，妳也不難看，給我一百如何？」

◆秀逗老闆

小詹的老闆要參加一個重要的會議，吩咐他代寫一篇約二十分鐘的演說稿。

會後，老闆怒氣沖沖地返回辦公室，立即將小詹叫來罵了一頓：「小詹，你讓我出盡了洋相！我要你寫一篇二十分鐘的演講稿，你卻給我一篇長達一小時的，內容枯燥乏味，我還沒講完，就有一半的人睡著了！」

小詹感到不解。

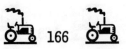

忽然間小詹想起來了。

小詹對老闆說：「喔！我記起來了，我寫給你的演講稿的確只有二十分鐘，不過我另外準備了兩份副本給你。」

◇天真少女

小孫女的小狗走失了。

爺爺：「乖孫女，別哭！小狗不見了，我們可以在報紙上刊登尋狗啓事！」

孫女：「可是我們沒有教小狗認字，牠不會看報紙啊？」

幽默魔法鏡

◆禮遇熟客

店員：「這位太太您看起來真年輕。」

顧客：「唉呀！你的嘴巴真甜！」

店員：「我們向來爲熟客打八折。」

◇妙方法

一輛汽車擋在工廠的大門口，警衛過去處理。

警衛把頭伸進車窗跟司機打招呼，然後說：「對不起，先生，您能不能把車開前面一點，好讓別人看到那面『禁止停車』的牌子？」

少年A！嘴巴真甜！

◆讀書病

陳太太最近與隔壁的林太太一起去上成人英語班。

一天，陳太太捧著一本英文書，請丈夫幫忙。

陳太太說：「今天要上這一篇故事，但是有些生字我不認識。」

由於是全班一起讀的，所以陳先生建議她讀到不認識的字時便假裝咳嗽。

第二天陳先生下班時，在路上遇到林太太。

她問陳先生，陳太太的病好了沒，陳先生覺得非常納悶。

林太太接著說：「昨天上課時，陳太太不停的咳嗽

，真教人擔心。」

◇情有可原

牧童在遙遠的草原上墜馬，跌斷了一條腿。

那匹馬啣著主人的腰帶把他送到隱蔽的地方，然後去替他請醫生。

過了幾個星期，一個朋友談起這件事時，說他那匹馬真是聰明。

「算了吧，其實牠並不怎麼聰明！」牧童答，「牠給我請來的是獸醫呢！」

◆另類解釋

鄉下人氣沖沖地跑進新成立的自來水公司。

鄉下人大吼：「什麼自來水，一滴水也沒有！」

辦公桌後的職員抽著煙，慢條斯理的說道：「先生，別生氣了。你瞧，外面不是有一口井？請你『自』己『來』。」

◇麻　煩

強森在航空公司顧客服務部工作，一位婦人打電話進來。

婦人：「我能夠攜帶愛犬上飛機嗎？」

強森：「妳只要多付五十美元，並自備狗屋即可，但是狗屋要大的足夠讓愛犬能在裡面轉圈、打滾。」

「那算了！我可沒空在上機前教會牠這麼多花招！」婦人說完便掛上電話。

◆退而求之

攝影器材展覽會裡，一位鄉下人拿著一副望遠鏡試看，愛不釋手。

他看了又看，但嫌價錢太貴，最後問道：「黑白的有沒有比較便宜？」

幽默魔法鏡

◇近墨者黑

「求你把我放了吧！」囚犯對典獄長說。

「那不行！」典獄長回答，「你是認了罪的。」

「正是如此！」囚犯說，「我怕我會把其他的罪犯帶壞。因爲我跟他們說過話，他們都是無辜的。」

◆始料未及

有個患心臟病的年輕人繼承了一大筆財產，但律師認爲最好由神父去通知他。

神父說：「你放心好了！我馬上就去看那孩子，好

讓他知道這件事。」

神父抵達年輕人住所時，神父對著年輕人說：「我的孩子，假如你有許多許多的錢，你會怎麼辦？」

「神父，這很難說。我會把全部的錢交給你奉獻給教堂。」神父聽完當場倒下來死了。

◇言之有理

亞當到外國探望朋友，朋友想燒一道當地菜給亞當吃。

兩人走到市場去，看見那裡有幾輛手推車和一些臨時貨攤，上面擺著各式各樣的農產品。

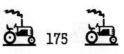

他們拿起一樣蔬菜，問老闆這樣夠兩人吃嗎。

老闆回答：「那就要看你喜不喜歡吃。」

◆小氣

一位老太太手裡抱著兩大袋東西，吃力的在路上走著。

強生上前去幫忙，幫老太太把東西送到家裡，到家門口時，老太太伸出一隻手緊握著強生說：「拿去喝一杯吧！」隨即放了一個東西到強生手裡便進去了。

後來強生往手裡一瞧，原來是個茶包。

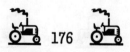

幽默魔法鏡

◇真　理

擁有一家酒吧和許多家不正當生意的惡霸，要捐一筆錢給教堂。

「你不能接受這筆錢！」正直的教堂執事對牧師說，「那是魔鬼的錢。」

「弟兄！」牧師高高興興的收下那筆錢，說道：「這筆錢已在魔鬼手裡夠久了，現在就讓我來處理吧！」

◆雙重打擊

老囚犯向新來的囚犯說監獄裡最近發生的事，最有趣的是典獄長的女兒嫁給一名囚犯。

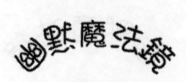

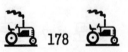

「當然！」老囚犯說，「典獄長一點也不開心。」

「爲什麼？」新來的囚犯問，「是因爲她嫁的是一個囚犯嗎？」

「不！」老囚犯回答，「因爲他們兩人一起『私奔』了。」

◇白忙一場

身爲保母，莉娜每次推著笨重無比的嬰兒車上台階時，都頭痛萬分。

一天，莉娜又在台階上掙扎，一個鄰人出來幫忙，

唉！真是幫倒忙！

她們推推拉拉仍不成功，嬰兒給顛簸得哭了起來。

「我不明白，爲什麼把小嬰兒車推下來有那麼困難？」鄰人嘆氣地說。

「推下來？」莉娜大聲叫道，「我是要推上去啊！」

◆有樣學樣

黑幫頭目的孩子參加學校口試。

事後，父親問他考得如何？

「他們問了我兩個小時，」孩子回答，「可是我什麼都沒有洩漏。」

幽默魔法鏡

◇不打自招

搶劫嫌疑犯在紐約市法庭提審時，法官問他會不會講英語。

嫌犯回答：「只會一點點。」

「你會用英文說些什麼？」法官問。

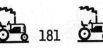

嫌犯又答：「不要動！把身上的錢統統交出來！」

◆高　招

年輕的律師打贏了第一宗官司。

他對律師父親道：「爸爸，還記得你始終沒打完的

那場官司嗎？我兩個月便把它順利解決了，真不明白你怎麼會拖得那麼多年還沒打完？」

父親回答：「兒子啊！你不知道我是怎麼供你讀完法學院的嗎？」

◇原來如此

台灣旅客到香港觀光，看中了寵物店裡的一隻牧羊犬，他出價一萬元想買。

店主拒絕道：「牠是我養大的，我捨不得牠。」

說著又來了一個香港的鄉下人，也願意出同樣的價錢買那隻狗。

店主答應了，收了錢，把狗交給那個人。

台灣旅客生氣地說：「你不是說那隻狗不賣嗎？」

「我說的是捨不得牠！」店主不慌不忙地解釋：「剛才那個人住在新界，過兩天狗兒就會自動跑回來，牠總不可能游過海峽回來吧！」

◆貧嘴賤舌

有人問一位專欄作家爲何最近都沒有寫稿。

作家回答：「我的文思已沒了，寫不出好文章。」

那人立即反駁道：「可是過去的情況並沒有阻止你寫作啊！」

幽默魔法鏡

◇意想不到

小莉是牙醫助手，常常和小朋友討論哪些食物對牙齒有益。

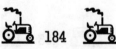

有一天，小莉問一位八歲大的小男孩：「食物有四大類，你能每類說出一樣嗎？」

「我不知道看牙醫也要口試！」小男孩回答，「早知道我就先在家裡溫習一下。」

◆犯規在先

俱樂部裡舉行一場棒球比賽，一位打擊手擊出一支

幽默魔法鏡

漂亮的全壘打。

「出局！」在場邊觀看的秘書喊叫。

「爲什麼？」打擊手質問。

「因爲你沒有繳會費！」秘書回答。

◇附加價值

賈西在洗衣店工作，一位女顧客打電話來，說她的那套衣服頸圈上的名廠標籤不見了。

賈西答應幫女顧客找找看。

那天賈西花了很多時間尋找，最後再垃圾桶找到一個一模一樣的，於是將它洗乾淨燙平後送回給女顧客。

「喔！多謝你，」她高興地說：「我明天要將這件衣服義賣，有了這個標籤，可以將價錢提高一些。」

◆有所選擇

史恩在黎巴嫩教書，當地政府決定整頓越來越紊亂的交通問題，裝設了交通燈，派警員維持交通秩序。

有一天，史恩駕駛省油小汽車穿過市區，兩名警察將史恩攔了下來，要控告史恩超速。

史恩極力央求兩名警察高抬貴手，原諒他一次。

此時一輛跑車以驚人的速度疾駛而過，但警察卻視若無睹。

「你們爲什麼控告我而不抓他？」史恩生氣地說。

警察們尷尬的互相地看了一眼，然後對史恩說：「我們心有餘而力不足，他開得太快了！」

◇考慮周詳

某公司經理奉召前往當陪審員，案子看來要相當的時間才能終結。

經理向法官請求豁免，解釋說：「公司業務繁忙，我不能長期離開。」

法官說：「哦！看來你自視過高了，你以爲公司沒有你就不能運作了嗎？」

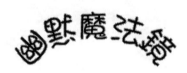

幽默魔法鏡

經理：「不是的！法官大人。我知道即使沒有我，它們也能正常運作。我是擔心他們發現這個事實。」

◆實話實說

小莉參加了一項收費昂貴的減肥課程，最後一節課時，指導員問學員參加這個課程最有用的是什麼。大多數的人都說是老師教得好、飲食圖表、課程規劃及學員們的互相鼓勵……等等。

但是，有一位男學員獨排眾議。

男學員：「我覺得最有用的是課程的費用」他說，「我要從伙食費撥大半的錢來交學費，自然的我就沒錢

買吃的。」

◆狀況不明

有個人到診所找醫師，他對醫師說：「我是專程來向你道謝的。」

「不用客氣！」醫師說，「可是對不起！我忘了你是病人，還是遺產繼承人。」

◇原來如此

一個衣冠楚楚的人在紐約時報廣場地下火車站裡搖

搖晃晃，走來走去。他上衣鈕釦沒扣，手裡拿著一個公事包，顯然是喝多了酒。

肯尼看見了，問他還好吧！那人含糊不清地說他沒事，可是肯尼又怕他遭遇常出現在車站的歹徒的侵害。

肯尼又問：「你確定你沒事？要我送你回家嗎？」

那人終於低聲狠狠地說：「別理我！我是便衣警察！」

◇異曲同工

一位經商的父親回家時已很疲倦，感嘆地說：「真是辛苦，整天對著一台計算機工作。」

幽默魔法鏡

剛進幼稚園的小兒子說：「我也一樣，整天要數手指頭。」

◆另類後遺症

「我動過手術！」某甲對朋友說，「醫生在我體內留下一堆藥棉。」

「那真糟糕！」朋友對他深表同情，「痛嗎？」

「不痛！可是我渴得要命！」

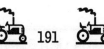

國家圖書館出版品預行編目資料

幽默魔法鏡 / 玄虛叟編著. －初版－臺北市：
大展， 民 90
面； 21 公分 －（休閒娛樂；52）
ISBN 957-468-066-5（平裝）

856.8 90003620

幽默魔法鏡

ISBN 957-468-066-5

編著者／玄 虛 叟
發行人／蔡 森 明
出版者／大展出版社有限公司
社 址／台北市北投區（石牌）致遠一路 2 段 12 巷 1 號
電 話／（02）28236031・28236033・28233123
傳 真／（02）28272069
郵政劃撥／01669551
E - mail／dah-jaan@ms9.tisnet.net.tw
登記證／局版臺業字第 2171 號
承印者／國順文具印刷行
裝 訂／嶸興裝訂有限公司
排版者／千兵企業有限公司
初版 1 刷／2001 年（民 90 年） 5 月

定價／180 元

大展好書 好書大展

大展好書 好書大展